烏龍院 精彩大長篇

10

活寶

漫畫
敖幼祥

人物介紹

烏龍大師兄

體力武功過人的大師兄,最喜歡美女,平常愚魯但緊急時刻特別靈光。

大頭胖師父

菩薩臉孔的大頭胖師父,笑口常開,足智多謀。

烏龍小師弟

鬼靈精怪的小師弟,遇事都能冷靜對應,很受女孩子喜愛。

長眉大師父

大師父面惡心善,不但武功蓋世、內力深厚,而且還直覺奇準喔。

活寶「右」

長生不老藥的藥引──千年人參所修煉而成的人參精「活寶」，正身被秦始皇的五名侍衛分為五部分，四散各處，「右」為活寶陰陽同株中的「陰」，被烏龍院小師弟救出，附身在原名「苦菊堂」的「樂桃堂」艾飛身上。

活寶「左」

活寶陰陽同株中的「陽」，和附身在艾飛身上的「右」從前是一對戀人。後因在被大秦煉丹師追捕時，拋棄了跌入陷阱中的「右」，所以附身在肺癆書生的身上，開啟了營救「右」的旅途，卻因為宿主的拖累漸漸耗失了原力。

艾　飛

樂桃堂艾寡婦之女，個性古靈精怪，被活寶「右」附身後，和烏龍院師徒一起被捲入奪寶大戰，必須以五把金鑰匙前往五個地點找出活寶正身。因為活寶「右」的生命期限將屆，連帶也面臨了生命危險。

艾寡婦

斷雲山樂桃堂的老闆，丈夫進入斷雲山尋找活寶一去不回，女兒艾飛因為被活寶「右」附身而命在旦夕，但她卻因為受到活寶的滋養，整個人神奇回春，目前在醉貓酒館駐唱。

沙克 · 陽

煉丹師第三十三代傳人，長相俊俏、女人緣佳、身懷祕技，野心強大。一心想奪得活寶的原力，幾次不惜犧牲性命。

張書生

被活寶「左」附身，其實只是被利用來尋找活寶「右」的傀儡，卻因為身患肺疾，反而連累了「左」，最後受制於「左」成為一名酒鬼。

大雄

艾寡婦家裡養的老山羊，經常莫名失蹤，又帶著傷痕回來。一次意外帶回了天斧的咒帶，成為帶領烏龍院師徒們前往「極樂島」的唯一線索。

龜群

帶領烏龍院師徒們穿越「狂鯊灣」，順利抵達極樂島的重要功臣。對於極樂島上的猴群們懷有極深的恐懼。

猴群

極樂島上因為受到「活寶之首」的影響，而具有原始人類智慧的猴群。懂得使用武器，對於烏龍院師徒們一行人尋找活寶之首的計畫百般阻撓。

辣婆婆

烤骨沙漠中「一點綠」客棧的老闆娘，也是唯一知道「地獄谷」正確所在地的人。手中持有唯一能奪取活寶性命的武器「天斧」頭部的部分，因而又與「活寶爭奪戰」扯上關係。

五朵花

「一點綠」客棧中的服務員，分別是「小蘋果」、「小紅柿」、「小葡萄」、「小草莓」、「小甜瓜」。

無　塵

沙克‧陽的左護法，寡言且寡情，喜怒不形於色。

有　儉

沙克‧陽的右護法，善於清算功過、掌控金錢。

鐵葫蘆──胡阿露

葫蘆幫的大姊頭，老謀深算，拿手絕招是「大力吸引功」。

馬　臉

胡阿露的部下，臉長無比，最愛大師兄的光頭。

葫蘆三姊妹

胡阿露的部下，看起來是三個天真的小女孩，其實身懷邪門武功。

目錄

第 73 話

難以抉擇心不甘

向左拋出了帶著倒鉤的豪賭誘餌

我等等要去酒館上班。

我現在可是那裡紅牌的駐唱歌手呢！

打扮得漂亮一點，客人會多賞些小費……

女兒就快死了，妳還有心情去唱歌？

我留下來，艾飛就不會死了嗎？

這個…

這個…

你說啊…

現在誰也救不活她了……

沒錯！

她大概只剩下最後一口氣了……

既然我留下來也救不了她，

倒不如讓自己做些快樂的事。

嗚

嗚

嗚

妳一定是在強顏歡笑吧？用裝可愛來掩飾妳難以承受的喪女之痛！

走了……

艾寡婦走了…

她　真的

就這樣大搖大擺地走了……

瀟灑、

不負責任地

走了…

大師父，她就這樣走了，可以嗎？

我怎麼知道。

大師父，她為什麼一直都笑嘻嘻的？

我怎麼知道。

接下來我們要怎麼辦啊？

我怎麼知道。

為了尋找活寶，艾飛丟了性命，這整件事到頭來就是莫名其妙。

愈來愈迷糊了……

夜。山谷裡的風
如刀一般颳著。

繫在醉貓酒館屋頂上的布條被強風吹得「啪嗒！啪嗒！」作響。

這些布條都是路過的酒客留下的，上面寫著他們的心事，希望那些不如意的事能隨風而去，一醉解千愁。

醉猫酒館

沒有人知道這家店的老闆姓啥叫啥，因為他最常說的話是……

乾杯！

既為求醉，
何需留名？
佐之以酒，
酩酊一生。

確定醉貓醉
倒了嗎？

嗯 嗯

老闆喝掛！今天又可以不用買單啦！

啊

打擾了。

這位弟兄沒事吧？

瞧你蒼白的臉色，還咳血了哪！

咳

哎呀

媽呀

咳　咳

咳

對不起，我有肺癆。

呱

嗚

還剩那麼多酒！

不喝多可惜。

乾

咕嚕 咕嚕

什麼！得了肺癆還能喝酒嗎？

寧可醉著下地獄，也不憋死上天堂。

痛快！說得好！

我叫黑旋風，第三代土匪。

喝酒得了肝癌，乾脆喝更多，天天買醉。

土匪？

那你一定殺過人囉！

廢話！我砍下的人頭比你吃過的芝麻還多！

這袋金子請你去殺一個人。

了解！

在離開人世之前要先了結仇家的性命。

說吧！要我殺誰？

我。

啥！你是活膩了嗎？自己要死還要花錢買嗎？

虛張聲勢的
土匪!

恐怕就只會
嚇土雞吧!

你再說下去
我就真把你
給砍了!

您
英明!

孬種!

咕咕咕咕咕

哇！

妖怪！

見鬼啦！

GO!

喔！看來只有留下來的小狗才是最忠實的酒伴。

其實是我太肥了，跑不動……

夜黑風高,還會有誰來嗎?

汪

卡

是個女的!

啊

風裡飄來陣陣桂花成熟時的濃濃花香⋯⋯

嗯

醉貓酒館裡混沌的酒氣頓時清新了起來⋯⋯

肥肥!

汪汪汪

咦？今天晚上店裡怎麼沒客人？

咳

我也是個人！

你別生氣喲！

今天家裡有事，忘了帶東西來給你吃啦！

嗚汪！嗚汪！

嗚汪！嗚汪！

JUMP
JUMP JUMP

黑旋風說好要來聽我唱小調的……

看來今晚是賺不到小費了。

肥肥！怎麼啦？你好像很害怕？

難道是怕這位公子嗎？

這位公子除了眼神憂鬱了點，

其它都沒什麼問題啊！

啊！妳的手……

氣色差了一點，

眼袋黑了一點，

血絲多了一點，

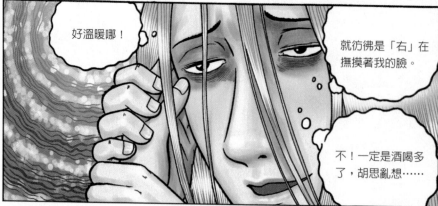

好溫暖哪！

就彷彿是「右」在撫摸著我的臉。

不！一定是酒喝多了，胡思亂想……

哇！肥狗咬人啦！

HAW

AOOO

公子相貌斯文，

為何也到此地買醉呢？

因為我掉了一樣東西⋯⋯

就是我的心！

是啊！
為情所困！

我的她，就快
要死了……

她可以活，卻
不願活下去！

而我想死，
卻死不了。

咳到吐血還
是要愛！

那位被深愛
的女子還真
是幸福呀！

超噁
心！

抱歉

今夜有緣和
公子相見，

就讓小女子
為公子獻唱
一曲吧！

這首歌是由小女子
自己譜寫，歌名叫
作＜苦菊戀＞。

一朵菊花

不懂愛情是什麼

只有風兒告訴了她

吹起了漣漪

吹皺了春水

愛情就出現了

原來，世界上還有一個他

相識不知深

相知不恨薄

情難斷

意難了

菊花呀

菊花

離愁情傷令他枯槁

只有凋謝化作塵埃

永遠，永遠，屬於他

公子，這首〈苦菊戀〉好聽嗎？

〈苦菊戀〉根本就是我的寫照！

WO!

妳是在取笑我的懦弱！

你誤會了，公子。

我有力量摧毀這個世界，但是我卻無力挽回她的心！

妳明白嗎？

妳永遠不會明白的！

咦?

肥肥

現在幾點啦?

這裡是哪裡呀?

喔!對噢!還在自己店裡嘛!

八成是又喝暈了。

哎喲!頭好痛!

我的媽呀!誰這麼厲害,把桌子打爛了嵌在牆上?

二鍋頭

大麯

剛才…那位公子呢？

除了爛桌子，什麼也沒看到啊！

竟然能把店砸成這副模樣…

應該是很可怕的公子吧！

都怪我不好，唱歌引起人家的傷心事……

真的很抱歉。

客人來這裡喝酒發洩情緒，很正常的啦！

嗯！好的。

快收拾收拾，繼續開店吧！

咳咳

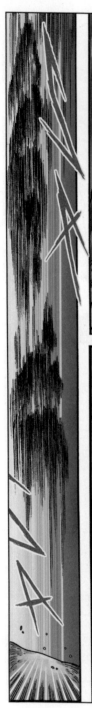

跟著我想做什麼呀？

煉丹師的狗！

不錯嘛！還有雅興飲酒作樂！

左！

罵老子是狗？

打！

啊！
酒壺……

你打破了
酒壺……

挨了老子
的重拳竟
然沒事？

賠我的
酒來！

嗯！年輕又聰明的煉丹師，

看來你已經知道我的身分了。

真是抱歉，沒教好我的狗。

讓我來賠你一瓶好酒。

你的祖師爺當年入山去抓活寶，害得我們好慘哪！

我應該先一掌滅了你！

慢著！慢著！我可不是來送死的！

我是來提醒您，還是有機會挽救她的！

如何挽救？她只剩下不到兩天的生命期限！

而且又不願意轉移她的寄生者！

哎！我只帶一瓶酒！

你打破就沒得喝啦！

她要是存心不想活下去！我又能怎樣？

左，這兩天是你最後的機會，錯過了，你就永遠也無法和她在一起了。

其實你心裡非常明白，

就是因為寄生在這個又窮又病的書生身上，才會拖垮了你……

咳

咳

咳

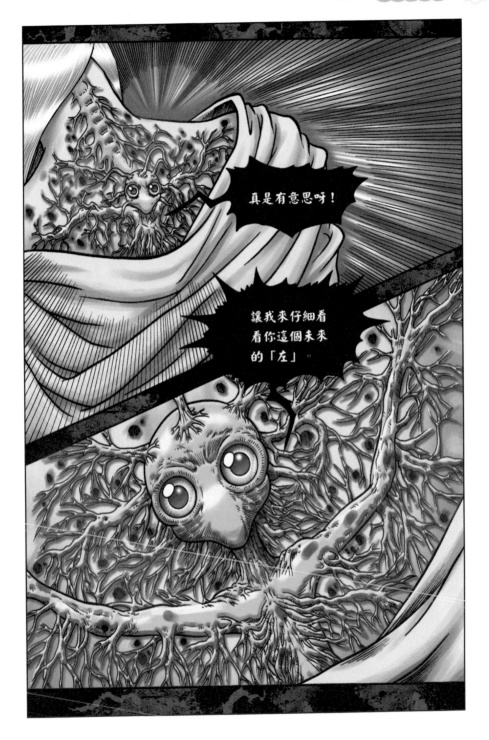

第 74 話

背脊上的煉獄

最終被垃圾般遺棄的替罪羔羊

你就這樣割嗎？ 這樣切下去會很痛的！ 嗚

少礙事！ 早就該死了！ 你本來就是個廢物！

我雖然想死， 但也不要這樣的死法！

左！你這樣做對我太殘忍了！

左！千萬不能叫他切割呀！

沙克‧陽，動手吧！ 左！

嗳

都快十二點了。

嗯。

好嗆!

醉貓！我先回去囉！

白折騰了一個晚上，什麼小費也沒賺到！

咚

呼！好大的風哪！

喂！你很遜呢！快起來！

怎麼可以醉倒在這種地方呢？

哇！渾身都是血！

一定遇到打劫被砍了！

暈過去了，傷得很重呢！

救命啊！

呼

……

不能亂叫！萬一被劫匪聽到說不定又折返……

先扶他回去再說吧……

楊枝淨水遍灑三千
性空八德利人天
福香廣濟延迷
火焰化紅蓮

大師父在寫什麼呀？

是有感而發吧！

唉！
春蠶到死絲方盡，
蠟炬成灰淚始乾。

啥？

明白了！

蠶寶寶死了之後，曬成乾做成蠟燭，廢物再利用！環保第一名喲！

我也聽見了！

來的人腳步沉重，似乎拖著很重的東西。

會不會是重型火炮？

嗯！愈來愈靠近屋子了！

來者不善！鐵定是衝著活寶而來！

烏龍四方陣東南西北固若銅城！

全力護衛艾飛安全！

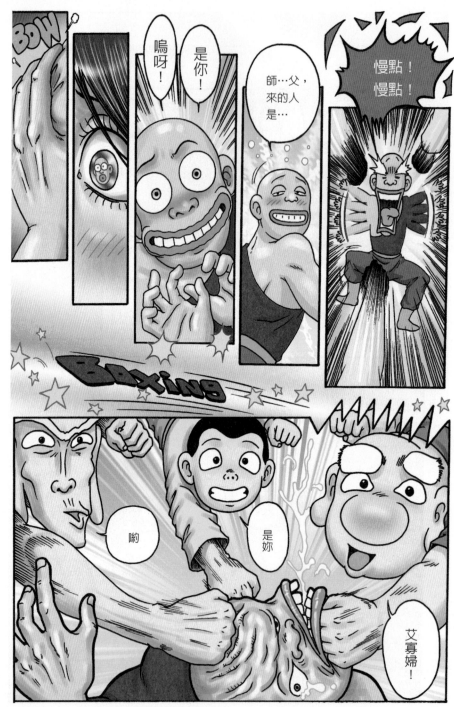

你徒弟剛才突然冒出鹹豬手！

冤枉啊！

那是烏龍四方陣！

我只是盡忠職守！

多包涵！徒弟沒有教育好。

噢！沒事，沒事……

可以幫我把那個人抬進屋裡嗎？

原來是帶了個男人回家！難怪腳步那麼沉重。

妳半夜裡怎麼帶個男人回來呢？

他是酒店的客人，可能半路被劫匪打暈了！

怕他躺在山溝裡被狼吃了，所以……

啊！你輕一點嘛！

要把他送上床嗎？

啊！

是！

他是…他是…

他是個醉漢！

艾寡婦的客人。

他是「左」！

紅色警戒！

當心他裝醉突擊！

喔！

他好像真的沒知覺了！

怎麼會傷成這個樣子？

哎呀！

又把他摔得更慘了呀！

別出聲！奇怪？為什麼他的血是從背後滲出來？

撕開他的外衣！

天哪！

他簡直就是一位天才屠夫！

拜託你別講得這麼恐怖行不行？

艾寡婦看得都嚇昏啦！

嘖！

沒膽的婦人。

叫徒弟把她扛到椅子上去。

你的寶貝徒弟更沒膽！嚇得都厥過去啦！

數到三若不站起來，我就把你們也活剝了！

一

二…

真没用！

大師父才最冷血，連自己徒弟都要剝！

有著無限原力的「左」，若是被野心分子利用，那將是世紀大浩劫！

下落不明要從何查起？就算找到好了，我們有能力去阻止他嗎？

好噁心的傷口……

想不到竟然捲入這麼複雜的紛爭，真是始料未及呀！

唉！

不要管他們不就沒事啦！管那麼多閒事自找麻煩！

打道回府！

回烏龍院去過咱們自己的逍遙日子！

你敢？

有什麼不敢？

你說什麼？

有膽再說一遍！

大師兄

別惹師父生氣…

千里迢迢呀…

東奔西跑呀…

腰酸背痛呀！

吃沒吃飽

睡沒睡好

賺沒半毛

烏龍院裡花沒澆

灶沒燒

文沒抄

？‧‧？

廁沒掃

身為烏龍院接班大師兄，當然要有話直說！

我們回家吧！

你是接班人？

閃一邊涼快去！

痛痛痛

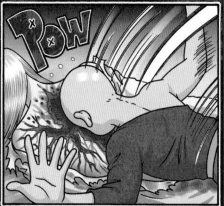

POW

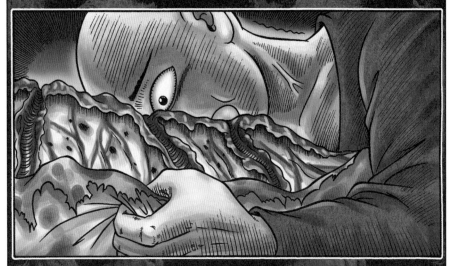

呸 呸 呸 呸

呃…

開什麼玩笑？

饒不了你！

痛痛痛！

呃……呃……

他還有呼吸！

這真是咖哩奇蹟！

書生醒醒啊！快說是誰傷了你？

快點告訴我！

是誰？是誰！

呃呃……

呃…呃…呃…

一個鍋子？

這是提示嗎？

鍋蓋？
鍋巴？
鍋鏟？
？
鍋爐？
鍋貼？
鍋……

會不會是那個凶手姓郭？

有可能！

聰明！

竟敢搶我鋒頭？是想和我爭接班人的位置嗎？

沒那麼簡單！

快速瀏覽江湖上姓郭的檔案資料！

嗯

不錯！

☆OPEN

紹興名師：郭羲之。天津名嘴：郭簧。山西名廚：郭味。晉北名商：郭旺財。台灣首富：郭台銘……

不對！不對！這些名人和這件事根本不相關嘛！

笨蛋！

有些都已經作古幾百年了，你還列在活人檔案上！

我看還是讓受害者親自來說！

可是他氣若游絲……

你還有咖哩粉嗎？

有咧！

用上癮了嗎…

快說！

是誰挖掉你背上的東西？

太狠了！

呃……呃……呃

呃…呃…呃…呃

怎麼他還是手指鍋子？

這個鍋子到底有什麼祕密？

腦袋打結！

一個煲湯的砂鍋竟害我師父傷透腦筋！

打破砂鍋問到底！！

你說這是什麼鍋？

砂…砂鍋啊。

我有說錯嗎？

對呀！只是一只很普通的砂鍋啊。

有什麼不對嗎？

一只大概三十元的煲湯砂鍋。

呃！

呃！

呃呃呃！

呃呃呃

重傷的書生「呃」得好厲害！大師父一定是說對了！

嗯！

這個沙克·陽從青春池一路跟到地獄谷，處心積慮想奪取活寶。

這下子真讓他如願以償了！

我早就看出來這個年輕的煉丹師不是個好東西！沒想到他的手段這麼狠毒！簡直就是強盜！

強盜！

而唯一可以解救左的活寶現在卻彌留在艾飛的體內……

現在該怎麼辦呢？大師父！

喚醒艾飛體內的活寶，不能讓她死掉！

大師父要喚醒艾飛？

可是她現在昏迷不醒啊！

你有什麼方法讓她醒來嗎？

逆天炙

老頭子你瘋了嗎？

逆天炙是什麼啊？

胖師父嚇得臉色都發青了！

逆天炙要以內功打通對方血脈。

起死回生之術是醫界大忌啊！

你倆別進房裡。

待在這裡守著。

大師父,那個書生怎麼辦哪?

就把他攤在桌上嗎?

你們先想辦法把他的傷口縫起來。

真噁心!

都招來蒼蠅了!

不會吧!你要用縫麻袋的粗線給他補傷口?

沒魚蝦也好,反正能縫起來就行了。

死馬當活馬醫了!

準備開始吧！

我唸口訣，你配合移動穴道位置。

長眉，這是我最後一次使用「逆天炙」，你要給我守口如瓶！

周身之血有一頭，日夜行走不停留。

子時注入心窩穴，丑時須向泉井求。

井口是寅山根卯，

辰到天心已鳳頭。

有一股異流竄入到我的體內…

OHOHOHOH

長眉！你的臉在變…變…變！

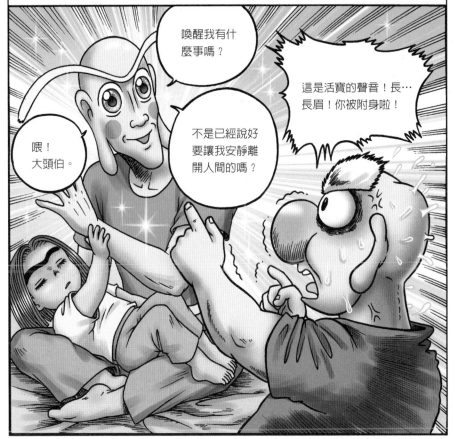

喚醒我有什麼事嗎？

喂！大頭伯。

不是已經說好要讓我安靜離開人間的嗎？

這是活寶的聲音！長…長眉！你被附身啦！

別緊張！這不是附身。

我只是暫時借他的身體傳話。

嘻

嘻！好好玩的長眉毛！

喂！不許妳亂搞他的眉毛！

叫醒妳是因為出了大事！「左」已經被沙克‧陽強制剝離並且轉移啦！

你為什麼不早說？

妳不是才剛醒嗎？

最令我擔心的事情，還是發生了……

如果「左」的原力被暗黑界所利用，那將是萬劫不復的災難啊。

現在只有靠妳才能制止他，快點想想辦法看要怎麼做！

就由本人親自擔任這個重要的工作吧！

你太胖了，我不喜歡肥佬。

妳還挑咧！

過分！

我覺得烏龍院小徒弟是最適合的人選。

他可愛

他純真

他聰明

他善良

他有禮

行了，他什麼都好！反正妳本來就喜歡他吧！

要就快一點，艾飛的大限將至！

再猶豫我就出不來了！

小徒弟！進來一下！

那我呢？

我也要進去嗎？

噢…

你繼續縫吧！

咦？幹嘛神祕兮兮的？

哎！縫錯邊了！

管他的！將錯就錯！

哇！愈理愈亂！

真是個苦差事！

剛才那一幕實在太可怕了……

WAA

聽著!我希望你能參加一項祕密任務…

什麼呀?

希望你能答應…這個…

快點啦!婆婆媽媽!拖拖拉拉!

咦?大師父的聲音怎麼變了?

好像是活寶的聲音!

嘻

你真好!一聽就知道是我!

活寶!附身到大師父身上了?

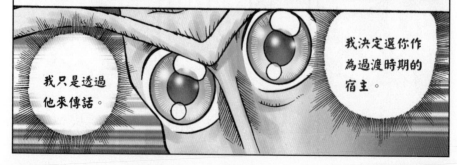

我只是透過他來傳話。

我決定選你作為過渡時期的宿主。

我不要！妳是女生！怎麼可以到我身上呢？萬一回不去怎麼辦？

不要　　絕不！

胖師父，這件事絕對不能同意！

你…你答應了？

情況緊急，逼不得已…

你們要我對付「左」就必須先付出代價！

小師弟！我這裡忙死了，你還在那邊鬼混！

PATA

這個身體果然不一樣！活力充沛的童子身！

嘻嘻！

別跟我嬉皮笑臉！

皮癢嗎？

嘻嘻嘻！大大大大大傻瓜師兄！

WA

哎喲！你吃錯藥了是不是？

大風吹！

活寶快住手！

好吧！住手了！

嘻

胖師父剛才叫他「活寶」？

是的！你的小師弟已經被活寶附身了。

嘻嘻

喔 噢

走路會扭
屁股！

咿咿

搔首弄姿
理頭髮！

掉了一根
頭髮。

嚶

蓮花指！

咦？他蹲下去
做什麼？

累了
嗎？

別偷看！

人家要噓
噓！

P.
P.

他已經完全
女性化了！

哎呀！好可憐的書生哪！

被「左」虐待成一堆爛肉皮囊！

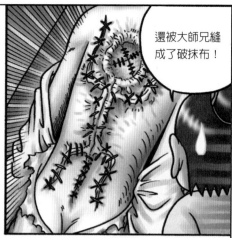

還被大師兄縫成了破抹布！

讓我來為你做一些補償吧！

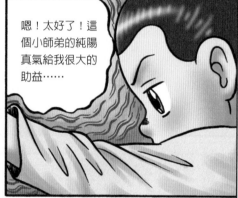

嗯！太好了！這個小師弟的純陽真氣給我很大的助益……

嘻！這樣好看多了！

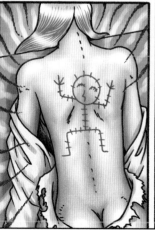

省省你的精力去對付「左」吧！

長眉老頭！小徒弟的童子身要比艾飛強多了！

雖然是附身但也要保留我師弟的美德。

尊師重道！

要有禮貌！

你只是暫時借用，要好好珍惜，別亂糟蹋！

目前的當務之急，是要趕快尋找極樂島，取回活寶的頭部。

唯有將活寶全身合體，才能有足夠的原力去對抗「左」！

長眉！

到底發生了什麼可怕的事呀？

誰是活寶？

為什麼那個男人的背上會有恐怖的傷口？

人家好害怕啊！

長眉…

咦？怎麼又變成這麼可愛的疤？

我是親眼目睹的……

你們在搞什麼鬼？快說呀！快說呀！

冷靜點！冷靜點！

第 75 話

驚心的敲門聲

五關布奇陣整出了一個「土」字

請問找誰呀？

打擾您了，大嬸。

我們是趕路的，請問這裡有住宿的地方嗎？

真抱歉，家裡不方便。

你去山腳下找客棧吧。

慢走！

打擾了！

碰！沒事了！

只是個路過的！

安全了

解除警戒

噴！誰叫你爬到我背上的？

幹什麼叫這麼大聲？

聽到剛才屋裡傳來的哀嚎了嗎？

是不是很像「左」的聲音呢？

誰叫你回答的？

我只是想幫忙嘛！

啪！

喔！大嬸有幾個老公呀？

奇怪了她又沒點名？

那你憑什麼回答？

真煩人！

路過的管什麼閒事？

我就是她的老公！

你有什麼意見嗎？

你！ 你！ 你！

你是烏龍院的長眉！

啊

你這個糟老頭的私生活本婆婆才沒有興趣多問……

但是剛才似乎聽到「左」的慘叫聲，這比較重要。

是不是就在這屋子裡！

我以我的長眉毛發誓，「左」絕對不在我手上！

妳一定是聽錯啦！

除了咱們就沒別人了

對呀！對呀！

吧

呃

嗚

糟糕！

長眉！

你竟敢當我的面睜眼說瞎話！

咦？你的臉脹得超紅？

有嗎？

你看！愈說就愈紅！

紅得像猴子屁股！

沒有！ 才沒有咧！

長眉，我要給你看一件東西！

是我祖先火將軍傳下來的鎮谷聖物。

呀！

這是當年在斷雲山斬劈活寶那柄天爷的頭部！

斧頭是你家的傳家寶呀!

我家院子裡也有一把劈柴的呢。

長眉

我們必須一次劈開小女孩身上的活寶。

免得沙克找到這裡,留給他奪走的機會。

劈開小女孩?

什麼小女孩?

難道是……

艾飛?

她說的小女孩就是艾飛嗎?

呃…

憑什麼闖進我家裡要劈我的女兒?

老太婆我與妳有仇嗎?

妳想幹什麼？

快放手！

哎喲！我的臉皮……

喝！

安靜點！

啊！

誰敢去碰艾飛一根汗毛！

我就先劈了他！

誰敢有意見
就給我站出來！

男子氣概漩風

其實就憑她那把斧頭，根本也砍不了活寶。

完了！

有什麼好擔心的？

「天斧」的形成必須將斧頭、斧柄和咒帶三件法器合為一體，才具有力量。

你怎麼會知道天斧的祕密？

那當然！因為我就是……

HO HO HO HO HO HO HO

因為他就是烏龍天才大師兄的小師弟啊！

HA HA HA HA

大師兄是天才，小師弟當然也厲害囉！

天斧的祕密僅有五行大將少數的後人才知道，你又從何得知？

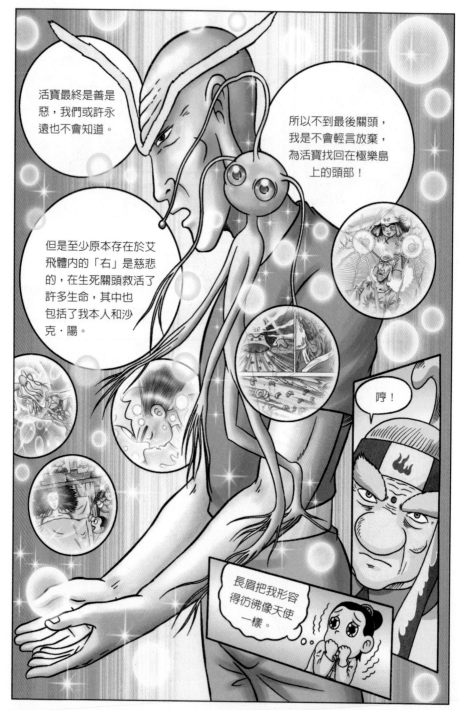

我看你是受過活寶的好處才會這樣想的吧！

那妳就留下來和我一起去找極樂島啊。

邀我去極樂島？你……你想幹嘛？

或許

妳也能得到活寶的好處。

妳可以假裝摔死，然後讓活寶來救妳！

活寶的原力能讓妳蛻變！老辣婆一下子就變成了大辣妹！

變得好！變得好！

喂！小孩子不要這麼興奮。

一群變態！你們自己去變成豬八戒吧！

極樂島一定是個會讓人非常快樂的地方吧!

是食物令人快樂?還是風景美得令人快樂?

會不會是島上有超級美女,才稱之為極樂呢?

我把最後一關「土將軍」的座標也刻出來。

作品完成了。

「土」字刻得像陀屎。

哎

DON

討厭

THROW

DON

我真是冤哪！

竟然被「屎」砸！

出師未捷身先黑！

砸得太好啦！

這樣的方位剛好就形成了一個「土」字！

太妙了！

喂！再囉嗦我就把妳……

喲！
是你？

大雄？

怎麼傷成這樣？

牠失蹤好幾天了……

啊！他脖子上綁著的是什麼？

那是天斧的咒帶呀！

第 76 話

大雄的斷咒帶

難以駕馭的野性青春正是「左」的渴望

喝!

你確定羊脖子上繫著的就是天斧的咒帶?

不會錯的!我感覺到全身發毛!

大雄每隔一段時間就會失蹤幾天,但總是會平安回來。

怎麼這次傷得這麼重?

你是跑哪裡去了?

咒帶一端平整,一端撕裂。

似乎是有人故意綁在羊身上的……

大雄身上的傷痕是被抓的。

但是看起來不像是野狼的爪印。

什麼動物會有五個爪子呢？

猴子啊！

E
E
E

咦！

反應這麼大應該就是猴子！

哦！

難道是斷雲山的野猴？

咒帶來自於山上？

天哪！

大雄的身上好鹹哪！

呸

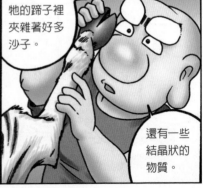

牠的蹄子裡夾雜著好多沙子。

還有一些結晶狀的物質。

舔

了不起

胖師父真有實驗精神。

鹹的!

是鹽巴。

所以羊蹄裡的是沙鹽?

大雄泡過海水才會全身發鹹!

海猴?

可是,海裡有猴子嗎?新品種哦!

島!

只有島上才可能有猴子!

大雄去過的地方,肯定就是個海島!

殘破的咒帶！謎樣的海島！

難道這會是我們正急迫尋找的目標嗎？

極樂島！

果真如此的話，那真是踏破鐵鞋無覓處，得來全不費功夫。

是這坨「土」帶來的好運哦！

HO HO HO HA HA HA

如果這條咒帶真的是來自於極樂島，那這恐怕是厄運的開始。

那個綁咒帶的人一定是想傳達某種可怕的訊息。

因為咒帶是一種封印，一旦破解，我的頭部就能自由控制周圍的生命力量。

找不到也煩！

找到了更煩！

反正

都煩

極樂

根據剛才的方位圖來判斷

極樂島就在斷雲山的正東方。

刻不容緩

速速向正東搶進

分秒必爭

對啊

東方那麼大，往哪兒走呀？瞎闖嗎？

你沒聽過「老馬識途」嗎？

大雄！

不能叫牠去！牠剛回來，而且還受了傷！

不！

不行！

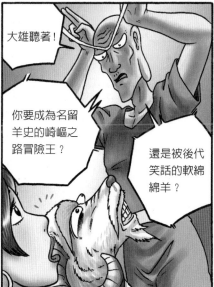

大雄聽著！

你要成為名留羊史的崎嶇之路冒險王？

還是被後代笑話的軟綿綿羊？

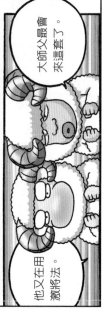

大師父最會來這套了。

他又在用激將法。

沙克少爺，你確定要這麼做嗎？

不敢冒險怎麼有獲得？

一種從來未有人探索過的神奇力量。

少爺想得到什麼呢？

沙克・陽！你還在等什麼？快讓我附身哪！

我好冷！我正在失溫！

我還在觀察你。

你把我從書生身上剝下來，不就是想得到我嗎？還考慮什麼？

我問你!

附身之後,是誰在控制誰?

! !

! !

原來你是在顧慮這個!關於這個問題我只能這麼解釋:「你就是我,我就是你」。

懂嗎?

讓這種東西爬在身上多噁心!

少爺別太衝動呀!

如果少爺和他融為一體,那還能是人嗎?

鬼看了都會吐!

你這個醜八怪小心點!

若是敢亂搞,我就把你當成蘿蔔給煮了!

少爺注意!我把他貼上啦!

TAPO!

喂!不是面朝下!

悶死啦!

還要挑姿勢咧!

我來吧!

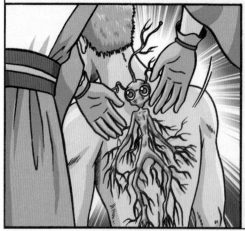

對了!就是這種感覺!

太危險啦!

不能讓這鬼東西傷害少爺!

別亂來!

少爺還要護著他?

等等,我還沒看到「左」的力量。

沙克‧陽!你就像一頭充滿了好奇心的小老虎。

好吧!我就簡單地為大家表演一下唄。

少爺你瘋啦!手會割傷的!

啊!不是我!我身不由己呀!

是「左」在控制著我!

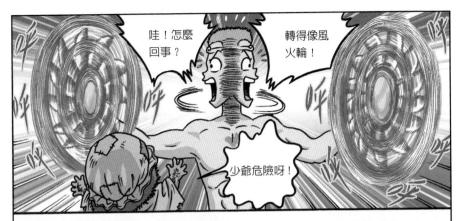

哇！怎麼回事？

轉得像風火輪！

少爺危險呀！

剛才你的矮冬瓜手下罵我是蘿蔔，你去把他給砍了！

照我的命令做！

不行！我做不到！

啊！

完全被控制了！

有儉！快逃呀！

少爺！我絕不會臨陣脫逃的！我對您忠心耿耿…

快跑！

現在不是唱高調的時候！

先保住你的腦袋吧！

少爺不會真的砍我吧！？

RUN

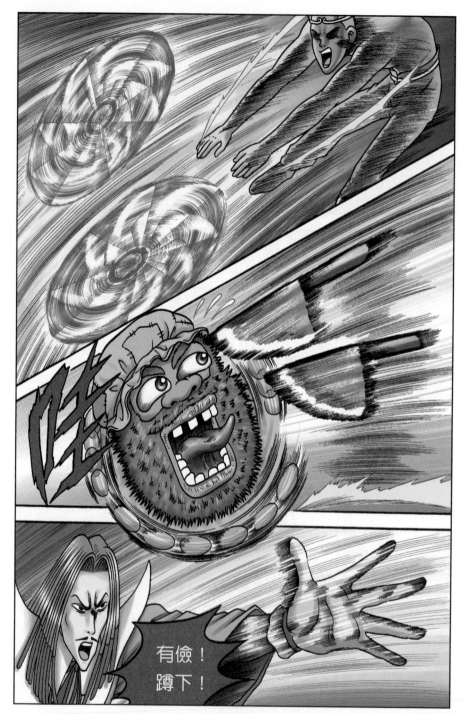

好強的力量…

感受到了吧！

少爺絕對不能任憑他擺布！

少爺千萬不可以違背沙克鐵律啊！

鐵律第一條 逆天道者，滅之。

沙克‧陽就是未來的天道！

逆其志者！滅之！

第 77 話

撲面而來的瘋浪

充滿海水死鹹味的極樂島大挑戰

大雄！極樂島在何處？

為什麼要裝得這麼酷？

是忘記了還是在尋找靈感？

八成是老年癡呆症，記憶力突然斷電！

他最近也常犯…

老羊和老人都是具有偉大深層智慧的！

懂嗎？

是是是！

大師父是羊祖宗！

喂！你別拿徒弟出氣！

SWAAAA

長眉！你連羊都不如！就只會內鬥，吵來吵去！

沒錯！還是活寶講的話，比較有道理。

你有意見嗎？

羊騷味都比你有氣質！

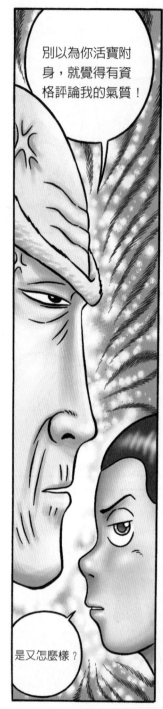

我們吵了半天，大雄連眼皮都沒眨一下！

牠究竟是在等什麼啊？

不動如山，果然有老山羊的氣魄！

來吧！我奉陪到底！

老頭要陪老羊靜坐嗎？

胖師父，咱們也要陪嗎？

陪吧！

唉。

否則要挨罵的！

大師父真是個超級怪咖！

長眉的脾氣就是這麼硬！

說出口的承諾，一定會幹到底。

可是冒著雨對海發呆有用嗎？

老頑固！

再看十年也不可能會有島出現的。

好像有一種狗天天仰望天空，期待有餡餅掉下來！

我看你很像那條狗！

別以為是活寶我就不敢修理你!

照打!

不要打腦袋!他仍然是你師弟耶!

糟!螃蟹把大師父當成肉靶了!

師父有難,弟子救駕!

呀嗒！　　呀嗒！　　呀嗒！

CA CA CA
CA CA CA

啊！兩手難敵八爪陣！

呀嗒！

呀嗒！

呀嗒！

呀嗒！

JUMP

JUMP

老古怪竟然無動於衷！

你是木頭做的嗎？哎喲！

滿天的星星真美呀！

每次看到星空，就覺得人類真的是非常渺小。

可是你們人類的心卻比宇宙還大，什麼都想要，要到了又不滿足。

不要亂戳！

這是我肚子！不是宇宙！

我被螃蟹夾得滿身腥，你們卻在看星星⋯⋯

兩個沒良心的！

大師父呀！
天都黑了
您還不死心嗎？

咱們回去吧！

整天都沒吃飯耶！

拜託啦！

別再拗了啦！

來了！

什麼來了？

是您的高血壓嗎？

巨大的海龜？
這就是我們
蹲在這裡等待
的答案嗎？

大雄是不是
有戀龜癖啊？

耗費一整
天就為了
等烏龜？

龜群開始朝著咱們撲過來啦！

再不快閃就要命喪龜腹了！

撤退！

咦！

怎麼沒人響應？

這群海龜是來生蛋的。

既然是大海龜，不是應該在海裡下蛋的嗎？

嗯

母龜會選擇在夜裡爬上海岸，在沙地上挖洞，將龜蛋產在沙坑裡。

利用太陽和沙子的溫度進行自然孵化。

錯！大海龜雖然生活在海洋，但是卻是在陸地上生育的。

孵化後的小龜會自己破殼而出，爬出沙坑，循著海洋的氣味奔向大海。

哇！小海龜的生命旅程好奇妙呀！

夠了！別再上自然課啦！

海龜上岸之後，大雄就一直盯著牠們。

似乎在觀察什麼動靜！

這頭老公羊肉體已經疲憊不堪，卻依然精神奕奕地挺著！

究竟是什麼力量在支持著牠呢？

因為這頭賊羊在考慮偷到龜蛋之後要怎麼吃！

嗯

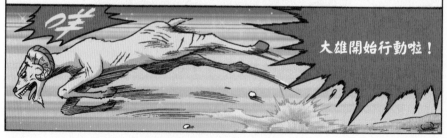

嗯

大雄開始行動啦！

明白了

這群海龜就是通往極樂島的交通工具!

RUN

什麼!

我寧可去跳樓!

跳海多遜呀!

我相信長眉的判斷!

趕緊跟上!

等等我!

要跳就一起跳唄!

BOOM BOOM

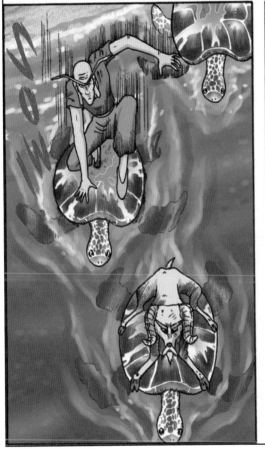

老烏龜！
趴穩了
喔！

竟敢耍我！咬
你的龜屁股！

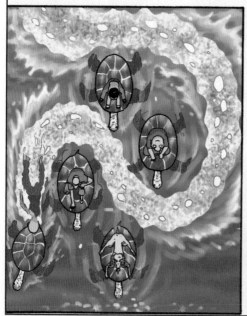

你有發現什
麼島嗎？

汪洋一片，
一望無際！

咦？

右前方有個三角型的…

是不是小島？

三角形的島？

哇！

鯊魚！

第 78 話

巨大的不沉航母

歷經狂鯊血盆大口登上極樂島

龜爺爺神勇！
多謝救命！
大恩大德！

KO
KO
KO

咩 咩 咩

小光頭給您
磕頭啦！

大雄的
動作真
奇怪！

好像是在和
巨龜交談？

咩

咩

咩

難道說牠們以
前就已經認識
了嗎！

咩

咩

咩！咩！

咩

咩

咩～～～

喂！為何突然往我這裡衝過來了？

一定是大雄剛才說的話起了反應！

你快點和巨龜對話！

開什麼玩笑？

我又不懂龜語，要怎麼對話呀？

胖師父有樣學樣！

你就模仿大雄和牠說話就行啦！

是嗎？要我學羊和龜講話？太離譜了吧！

唉！也只好姑且一試了！

哇！說錯了嗎？
噴我一臉龜鼻
水！

我感覺到巨龜是善意的，牠不會傷害我們。

活寶可以和動物進行溝通嗎？

敞開自然的心靈就能夠理解了。

原來是大雄請求牠們，協助我們渡過這片狂鯊灣，前往極樂島。

但是牠警告我們極樂島是個不祥的凶靈之島，海龜都視為禁地。

島上有很多很多長得像我們的怪東西會吃掉牠們。

很像我們的怪東西？

一定就是猴子了！

牠還說這個島其實是個火山口，在兩千多年前，牠還是小小龜的時候，曾經發生過一次可怕的火山爆發，然後才沉入海底形成了島嶼。

天哪！算起來這頭巨龜已經兩千多歲啦！

喔噢！

真的是龜祖宗了！

兩千歲！

那就是大師父年紀的一百、兩百、三百多倍……

大師父算是小小小小小龜！

要我上來扁你嗎？

原來極樂島在陸沉之前是和大陸連結的，難怪島上會有猴子。

哦？是嗎？你也曾經聽說過活寶的傳說？

嘻！你說你很榮幸認識我！

什麼？你覺得我很男人婆？

我這是附身！人家本來很美的！

討厭！

你是又老又醜的海龜！不跟你好了啦！

……

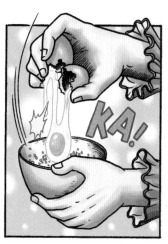

真是超讚的，一大早就準備了豐盛的早餐。

好吃

好吃

蔥花烘蛋!

阿阿阿!太幸福了。

嗝!已經吃第三碗了!

能撿回一條命,活著就算是幸福了。

多謝妳的救命之恩。

若不是妳,我早就曝屍荒野被野狼吃了。

啊!不好意思!我的睡衣你穿起來太緊了點!

沒關係!有衣服穿就行了!

這件低胸睡衣是我老公送我的……

咳!低胸?

咦?奇怪?

嗯?有什麼奇怪的?

我的肺癆竟然不藥而癒了。

已經不再咳嗽了!

肺癆!什麼?

你胡說，明明就在咳嗽！

還說你的肺癆好了！

沒有啊！

我沒有在咳嗽呀！

不是我！

為什麼我的咳嗽聲會在外面？

是誰在咳嗽？

是你？

又回來做什麼？

書生的爛命還真能熬，活得挺好的嘛！

咳咳

嘖嘖嘖！還穿著女人的睡衣！

是你朋友嗎？請到屋子裡喝茶。

就是他們把我扔在山溝裡的。

土匪！

可是…

土匪我見多了，讓我來應付。

請問這位帥哥到這裡有何貴幹哪？

要一個女人。

開玩笑吧！三公里之內就只有我這個艾寡婦呀！

咳咳咳

窮書生！你告訴她我要的是什麼吧！

咳咳咳

原來你和他們是一夥的！

我不是

妳聽我解釋。

引狼入室的傢伙！

我不是…

不是的……

婆婆媽媽的！真囉嗦！

誰敢跨進我家大門，我就……

快閃！

啊！

JUMP

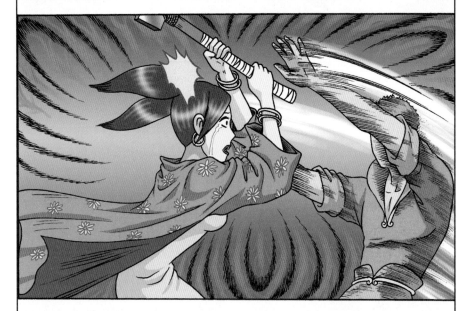

第 79 話

寧靜海湧現狂濤

刻畫在樹屋裡的那一首老情歌

睡姿分析

雙手托腮式，
個性溫和有母
愛……

大字敞開式，
爽直無拘性格
剛硬……

環臂抱胸式，
思密謹慎自我
保護……

公羊前趴式，
老成歷練敏銳
警戒……

王八翻身式，
（不予置評）

口含手吮式，
天真無邪尚待
發育……

舔
舔
舔

頂

咩咩咩咩咩
咩咩
咩咩
咩咩
咩咩！

抱歉

一時間用了你的叫聲…

……

興奮過度

是火山口形狀的小島！

真是皇天不負苦心人！

一定就是極樂島了！

哇！一靠近極樂島我的頭就好痛！

沒有外傷呀！

怎麼會突然頭痛呢？

一定是島上的「活寶之首」出了狀況

我們得馬上登陸！

咩咩！咩咩！

啊！

羊兒尚知感恩，身為人類豈能沒有禮數！

烏龍院全體向龜祖宗答謝了！

喔！消失了！

閃得真快！

極樂島是龜族的禁地。

胖師父！弟子有一個小小的疑問！

海龜不見了，咱們要怎麼回去呢？

這！

問倒我也！此疑問非同小可！

大雄！海龜還會回來載我們嗎？

咩

咩

完蛋了！
我們要被困在島上當野人啦！

別慌！烏龍院「緊急事件處理原則第一條」是什麼？

能夠解決的問題不用急，不能解決的問題急也沒用。

所以說呢？先找到活寶，之後再去想辦法離開，明白嗎？

好吧！

但是要從哪個方向開始找呢？

找出制高點，由上而下進行觀察。

直接攻頂！事半功倍！

跟我走！出發！

發什麼呆？

快走呀！

可是大雄往那邊上去了！

你們是相信我的判斷？還是相信羊的腳印？

這…

這…

這…

我們一致決定跟著羊走

對噢！大雄曾經來過這裡，肯定比我清楚，我不能死要面子……

那我只好尊重少數服從多數的原則了。

這些人應該是想把東西從海岸拉到更高的山頂上。

嗯

什麼東西需要費這麼大的勁？

我的頭。

哞

大樹頂上有間小屋！

！

大雄特意引我們來看……

難道這裡還有人住？

耶比！我的夢想就是要有一間樹屋。

大師父！您何時爬上去的？

爬樹是我最擅長的喔！

你忘了我生肖屬猴嗎？

這間樹屋看來應該是還有人在住。

正大光明地看嘛！一定要偷窺嗎？

大師父說得對，這裡還有人住！

水果還是新鮮的！

地上的蟑螂被打爛不超過24小時。

屋外晾的鹹魚乾還沒全乾。

聞這股腳臭味，肯定是個男人……

SMell

會不會是被退稿的畫家來這裡覺悟是否要轉行？

或者是落魄的詩人跳海自殺未遂，隨波逐流到荒島…

喔！真的是詩人！還在樑上題了一首詩！

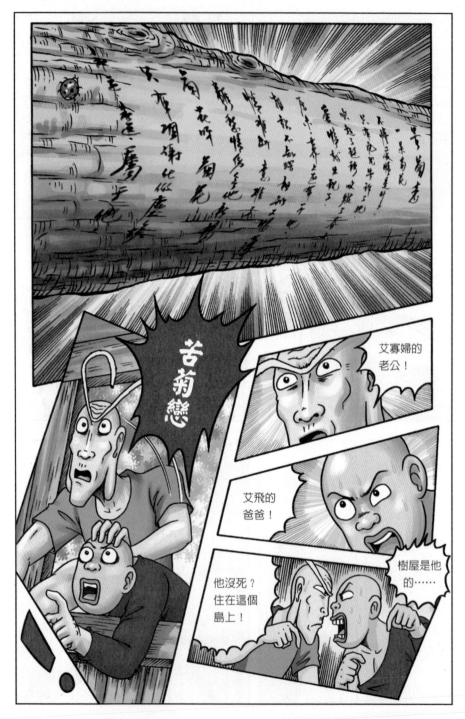

真是沒出息！每次都要我幫忙收爛攤子。

讓你學學什麼叫槍法！

大師父！

讓開點！

啓動烏龍火網反擊方案。

阿亮作餌誘敵，大頭判斷射手座標。

由我發動狙擊。

行動！

啊呀！我還沒準備好！

去！

呼嗅！

吱喳

吱喳

吱喳

先打掉指揮的猴老大！

在三點鐘方向的第一棵樹那邊！

好！

大師父，這隻讓我來！

殺！

ZROW!

EEEK

KAZZ!

吱

帥呆了!

了不起的
蠻力!

比野豬
還強!

命中目標,
一次擊倒!

嗯… 噢?

在大師父英明
指揮之下完成
任務。

為什麼這個島上的猴子會使用武器呢？

有沒有可能是受到活寶之首的影響？

如果真是如此，這群猴子已經開始具有原始人的智慧了！

可是艾飛失蹤八年的爸爸，為什麼也會在極樂島上呢？

我看活寶之首已經落入猴群手中了。

具有思考力量的活寶之首，正在操控猴群。

玄！

難道他也想染指活寶之首？

但是為什麼他八年不回家？害得艾寡婦苦等八年……

天哪！

難道他和母猴搞外遇？

學什麼八卦？

說話都不經過大腦的嗎？

我看那些野猴可能是他生的兒女……

老毒舌！

更八卦！

大雄用羊蹄子否定了大師父的推論！

咩

咩

牠強烈地呼喚著，要我們繼續往深處前進。

大雄帶傷撐到苦菊就是為了要搬救兵，牠肯定熟悉島上的狀況。

有道理！追到猴子的老巢，

必定就能尋找到活寶之首。

不入虎穴

焉得虎子

不入猴穴

焉得猴子

喂！若是要找西瓜呢？

不入西瓜穴，

焉得西瓜子！

HA

真的沒有西瓜穴嗎？西瓜子從哪裡來的？

暈

別跟他解釋了，腦血管快爆了！

走吧！快去找我聰明的腦袋！

咩

不入活寶穴，焉得活寶子！

你好煩哪！

長眉佯裝送艾飛回斷雲山，原來是別有用心！

他一定是想獨佔活寶。

少爺先滅了他。

留著長眉還有用處，

現在殺不得。

少爺說得對！現在還不是動手的時機。

等他們取回活寶之首返回斷雲山，發現艾飛在我們手中，必然會送上門來，到時候咱們只需要以逸待勞，就可以取得活寶了。

那多不保險呀！萬一他們在極樂島找不到活寶之首怎麼辦？

萬一……他們不行……就……派你去

咳

咳

咳

咳

不會有萬一的！長眉罩得住！肯定能搞定！

胡阿露！

少爺別派我去！我有恐島症！

咚咳

咳咳

咳

我咳得難受…妳去拿些止咳散來。

呼！嚇得我心臟快跳出來！

少爺最近性格變得陰沉暴躁，肯定是受到左的影響…

真是搞不懂！

好好一個美少男，幹嘛要爭活寶呢？

沙克少爺別處罰我呀！

阿露只是關心您的身體！

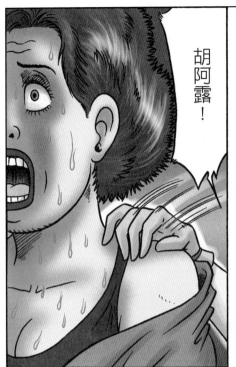

胡阿露！

啊！無塵！你跟著我幹嘛？

噓

妳過來。

我要妳把這瓶「七星蠍尾粉」摻在止咳散裡…

比罌粟還強的毒品，你要害少爺？

沙克·陽，你確定長眉會為了艾飛而來嗎？

他會來的，但不是為了艾飛，而是要來對付你。

我？那你要想辦法先滅了他！

但是右的靈魂在他手中，萬一失誤，恐遭池魚之殃。

不行！絕對不能傷害到她！

你就安分地縮在後面交給我來搞定吧！

哇

少爺

您的止咳散…

拿過來！

我正需要呢。

記住！以後每天都要拿「止咳散」給我服用。

是……

　　烏龍院一行人在老公羊大雄的帶領下登上極樂島，立刻遭到兇猛猴群的攻擊！長眉自傲輕敵，竟然落入猴群設下的陷阱，正當其他三人束手無策時，一位蓬頭垢面的野人竟出手相救，這個野人究竟是誰呢？他為何會出現在這個漫無人煙的荒島上呢？而更令他們驚訝的是，這個火山島的小溪竟然開始滾燙了起來，難道這是火山要爆發的前兆嗎？

　　自從沙客‧陽得到了「左」之後，這個附在他身上的「左」就不如他想像中的那般容易操控，甚至有可能會超越自己的意志。沙客‧陽會用極端的方法，去爭取活寶的原力嗎？得到「左」的原力後，沙客會變成猙獰的魔王嗎？

　　精彩！懸疑！出乎意料！詳情請見下期分曉！

精彩草稿

編號❶　有個性的老公羊──大雄

　　「大雄」這一頭生活在斷雲山艾家的大公羊，雖然都已經老到歲數不明了，但就是行為怪異、極具個性，讓我每次在畫牠時，總喜歡多給牠一些戲分，這一次可總算讓這頭老公羊過足了戲癮，突然間變成非常重要的關鍵角色。這張草稿處理得很有層次，不依照正常分格切豆腐似的打框法，而採用「重疊交叉法」，為的就是讓大雄突顯出「男人味」。若是用平淡的框格來做，可能就抓不住這樣的味道了！可見，有時候其實放開一點、別太拘謹，說不定得到的結果，反而會讓自己更驚喜！

精彩草稿

編號❷　大師兄空手擒鯊

　　大師兄常常會幹出一些令人咋舌的事，像這次就特別讓他表演一段「空手擒鯊」！這一頁在連載時是該單元的尾頁，所以特別留了些想像空間給讀者。其實在畫的時候，並不會太注意到結尾應該收在哪一個畫面上，只是畫到最後兩三頁的時候，很自然就會生出靈感，想把最精彩的那個點呈現出來！就像這一頁採取全畫面來展現大師兄擒鯊的力量，把人與鯊的互動設計得很誇張，從水中躍出也很有震撼的效果，加上又在狀聲詞上用了大大的「破浪」兩個字來壓住畫面，自然就產生了很好的「音響視覺」！

敖幼祥生活筆記之 大 象 學 校

七月，女兒小紅上學之後的第一個暑假，特別興奮。還沒開始放假，她已經有了很多的想法，要學那個、要玩這個……其實兩個月的暑假對家長來說，還真是漫長的頭痛期，不知該把孩子往哪裡擺才好，不但得顧到自己本身已經忙不完的事，還得陪著孩子，不曉得能不能請教育部把暑假改得短一點，兩個月實在是大長了，長到有些浪費寶貴的童年！

沒辦法，也只好陪了！真不愧是「現代孝子」！正巧遇到朋友在招旅行團，所以也就硬擠出時間，反正玩了再說，回來再面對編輯催稿的追殺令吧！真慘……

此次旅遊的目標是「泰北之旅」，整個行程玩下來，的確應驗了旅遊團的順口溜：「上車睡覺，下車尿尿，看些什麼，都不知道，帶去購物，花光鈔票。」

泰國有許多的古剎，建築獨具風格，正專注欣賞著心想不如來速寫兩張圖畫時，咦？怎麼全團的人都已經耐不住酷熱，躲回車上去吹冷氣了。反倒是導遊帶著到一些銀器店、寶石店購物時，團中的女士們個個精神抖擻雙眼有神，鈔票唰唰唰地掏出來，完全不眨眼，只見同行的男士們瑟縮在一旁，互相投以同病相憐的眼光，露出苦瓜般的乾笑。

此次旅程中，真正能寫出來和大家分享的，也就只有「大象學校」了！這些像恐龍一樣巨大的學生們可沒在放暑假，除了訓練之外還得應付觀光客，表演踢足球、甩甩長鼻子，贏得大家的掌聲。稍微成年的大象就比較累了，還要當座騎載著觀光客去繞山坡。以前看大象都是在動物園裡，這是第一次站在幾十頭大象當中，感覺很特別。

泰國的亞洲象雖然沒有非洲象那麼大個頭，但一隻成年象也有兩噸多重，一天要吃五十公斤的食物，一坨象「便便」，就有兩個人頭那麼寬，照理說應該是超級無敵！但聽導遊說，泰國象從幾十年前的幾十萬頭，遞減到現在僅剩幾千頭，最大的原因就是人類不斷的獵殺，以及棲息地被人類破壞造成的。生活在「大象學校」裡的這些學生，應該算是幸運的。唯一比較可惜

的，只是不可能再返回野地了，畢竟回到野地，也實在無法生存。

　　表演的最後一個節目，就是「大象畫畫」。

　　用長鼻子大筆揮毫，嘿！還真的能畫出些花花草草，而且在現場販售，隨即被搶購一空。了不起！

　　啊！看到大象畫畫，想起自己畫桌上那批待交的稿子，腦袋突然一陣發暈……

敖幼祥

2008年8月15日

時報漫畫叢書 FT825

活寶 10

作　者──敖幼祥

主　編──林怡君

編　輯──李振豪

美術設計──黃昶憲

執行企劃──鄭偉銘

董 事 長──趙政岷

總 經 理──李采洪

總 編 輯──

出 版 者──時報文化出版企業股份有限公司

10803台北市和平西路三段二四〇號四樓

發行專線──(〇二)二三〇六─六八四二

讀者服務專線──〇八〇〇─二三一─七〇五

(〇二)二三〇四─七一〇三

讀者服務傳真──(〇二)二三〇四─六八五八

郵撥──一九三四四七二四時報文化出版公司

信箱──台北郵政七九～九九信箱

時報悅讀網──www.readingtimes.com.tw

電子郵件信箱──liter@readingtimes.com.tw

法律顧問──理律法律事務所陳長文律師、李念祖律師

印　刷──華展彩色印刷股份有限公司

初版一刷──二〇〇八年九月二十九日

初版四刷──二〇一七年三月九日

定　價──新台幣二八〇元

(缺頁或破損的書，請寄回更換)

時報文化出版公司成立於一九七五年，
並於一九九九年股票上櫃公開發行，於二〇〇八年脫離中時集團非屬旺中，
以「尊重智慧與創意的文化事業」為信念。

ISBN 978-957-13-4924-4

Printed in Taiwan